LES

NOUVELLES LANTERNES,

POËME

Par M. DE VALOIS D'ORVILLE.

LES
NOUVELLES
LANTERNES,
POËME

Par M. DE VALOIS D'ORVILLE.

A PARIS,

Chez Ch. J. B. Delespine, Imp. Lib. ord. du Roi, rue S. Jacques, à la Victoire, & au Palmier.

M. DCC. XLVI.

LES
NOUVELLES LANTERNES,
POËME

A M. L'ABBÉ DE PREIGNEY.

Ur fon char , entouré d'une vive
lumiere ,
Par fes rayons naiffans Phœbus chaffoit la nuit.
Quoi ? dit-elle , déja je finis ma carriere ?
Quel Ennemi fans ceffe me pourfuit :
Toujours marcher, & changer d'hemifphere!
Ne pourrai-je jamais , fur un même réduit ,
Pour mon repos devenir fédentaire ?
Et ne plus voir cet Aftre qui me nuit,
De qui l'afpect excite ma colere ?

A iv

Phœbus l'entend, la regarde : elle fuit.

Le Soleil triomphant fur la nature luit.

Mais, tandis qu'il échauffe, & ranime la terre,

Et la fait refleurir par l'éclat d'un beau jour ;

  La Nuit, pour pouvoir à fon tour

  Lui déclarer une nouvelle guerre,

Du célefte lambris s'empare doucement.

  Bien-tôt l'Aftre qui nous éclaire,

  La voit paroître en pâliffant.

 Déja fon Empire s'étend ;

Ses ombres, au Soleil affreufes, incommodes,

Semblent ternir l'éclat de ce flambeau brillant.

Elle aproche, il s'éloigne ; & dans le même inftant

Il eft contraint d'aller regner aux Antipodes,

Irrité de fe voir pourfuivi, combattu,

D'effuyer chaque jour un fi cruel outrage ;

Triompher le matin, le foir être vaincu.

Ah ! c'en eft trop, dit-il, Jupiter, tout m'engage

A recourir à toi dans ce preffant danger.

Arbitre des Deſtins tu me vois outrager ;

  Je t'invoque , prens ma défenſe ,

  De la nuit daigne me vanger

Fais ceſſer nos combats , & puni qui m'offenſe ,

Calme-toi , lui répond des Dieux le Souverain ,

Pour tes bienfaits plein de reconnoiſſance

  Le terreſtre ſéjour ſoudain

  Va ſe charger de ta vangeance.

Le Regne de la nuit déſormais va finir.

Des mortels*renommés par leur ſage induſtrie,

De leur climat ſont prêts à la bannir :

  Voi les effets de leur génie.

Pour placer la lumiere en un corps tranſparant,

Avec un Verre épais une lampe ** eſt formée.

Dans ſon centre une mêche , avec art enfermée

  Frappe un reverbere éclatant ,

  Qui , d'abord la réfléchiſſant ,

* M. de Preigney & Bourgeois Auteurs des nouvellesLanternes,
** Deſcription des nouvelles Lanternes.

Porte contre la nuit fa fplendeur enflammée,

Globes brillans , Aftres nouveaux ,

Que tout Paris admire au milieu des ténebres; *

Diffipez leurs horreurs funebres

Par la clarté de vos flambeaux.

Déja , pour lever tous obftacles ,

Du Monarque Français on implore l'apuï

Nous ne favorifons les humains que par lui ;

Des Dieux les Rois font les Oracles.

Pour ne rien hazarder , enfin ,

Il charge de Themis les miniftres fidelles **

D'éxaminer les machines nouvelles.

Quel avantage on leur trouve foudain !

Chacun y reconnoît l'utilité publique.

On raifonne, on combine, on juge, on aplaudit.

En leur faveur tout haut l'Integrité s'explique ,

Au Mécanifme tout foufcrit ,

* Les Lanternes qui font au Louvre.

** Le Privilége enregiftré au Parlement le 28. de Décembre 1745.

Jufqu'au Sénat Académique.

Es-tu content, Phœbus ? que la nuit déformais

Veuille étendre fes Voiles fombres,

Son Empire eft détruit, ces lumineux objets

Seront à l'avenir les Vainqueurs de fes ombres,

Ce n'eft pas tout encor. Sur ces heureux progrès

J'entens, continua le Maître du tonnere,

Des reproches qui me font faits,

Quelques Dieux en font en colere.

Mercure, en qualité de patron des voleurs,

Voit leur défaite fur la terre.

A mes fujets, dit-il, chacun fera la guerre,

Ils n'infpireront plus de mortelles frayeurs.

Animé par la Vigilance.

Le foir & le matin, en tous lieux tranfporté,

On verra l'homme aller fans défiance.

Dans fes regards fera fa sûreté,

Lorfque les yeux poffedent la clarté,

Le corps jouit de fa défenfe.

VENUS vient fe plaindre à fon tour
Que cet événement eft nuifible à l'amour.
Qu'allez-vous devenir hypocrites femelles ?
Modeftes au logis, au dehors infidelles,
Dont les airs ingénus font l'erreur des époux.
  Pour de nocturnes rendez-vous,
  Qui de l'amour prenez les aîles,
  Et revenez à petit bruit.
L'Ombre ne va donc plus favorifer ces Belles,
Vertueufes le jour, & profanes la nuit ?
Raffurez-vous auffi, galant, dont les richeffes
Font l'amour des objets dont vous êtes flaté.
  Une favorable clarté
  Vous montrera de vos Lucrèces
  Jufqu'où va l'infidélité ;
  Et que l'on eft de leurs careffes,
Victimes, plus fouvent, que de leur cruauté.

TES ingénieufes lumières,

ABBE', vont déſormais raſſurer les eſprits.

. Elles ſerviront dans Paris

D'armes, de gardes, de barrières.

Déja, nos Citoyens ſincères

De tes heureux travaux ont admiré le prix.

A l'exemple des Dieux les hommes éterniſent

Ceux qui ſont comme toi dignes d'être connus :

Ils différent pourtant, ſelon leurs attributs.

Les Dieux & les mortels enſemble immorta-

liſent ;

Les hommes, tes talens, & les Dieux tes vertus.

Lu & approuvé ce 27. *Décembre* 1745.
            CREBILLON.

_____

Vu l'approbation du Sr Crébillon. Permis d'im-
primer, à la charge de l'enregiſtrement à la Cham-
bre Syndicaie. A Paris ce 28. Décembre 1745.

                MARVILLE.

www.ingramcontent.com/pod-product-compliance
Lightning Source LLC
Chambersburg PA
CBHW061448170626
46811CB00005B/2414